KB246084

강병철 청소년 시집

세수안한날

강병철 청소년 시집

세수 안 한 날

2025년 7월 7일 제1판 제1쇄 발행

지은이   강병철
펴낸이   강봉구

펴낸곳   작은숲출판사
브랜드   봉구네책방(봉구네책방은 작은숲출판사의 인문 브랜드입니다.)
등록번호   제406-2013-0000801호
주소   413-170 경기도 파주시 신촌로 21-30(신촌동)
전화   070-4067-8560
팩스   0505-499-8560
홈페이지   http://www.littleforestpublish.co.kr
이메일   littlef2010@naver.com

ⓒ 강병철

ISBN 979-11-6035-166-8   43810
값은 뒤표지에 있습니다.

강병철 청소년 시집

세수 안 한 날

봉구네책방

차례

저무는 노을 앞에서

글판에 몸을 담은 후 40년 넘게 쓰고 마셨으니 세월이 빛의 속도이다. 긴 세월 질풍노도들과 고락을 나누면서 이빨 틈새가 벌어지고 등이 굽던 지난한 사연들이 시리면서도 대견스럽다. 85년 그해 여름은 소도시 그 학교의 담벼락 바깥으로 쫓겨나는 아픈 이별의 도정도 있었다. 그러거나 말거나 교단 수십 년을 거치면서 럭비공들과 눈높이를 맞추느라 애를 쓰던 이력들도 쏜살같이 지나갔다. 지금은 그 옛날 꿈나무들이 만든 널따란 그늘 속에서 멍든 심장을 다독이는 시간이다.

내 인생의 8부 능선,

몸이 쇠하면서 그들과의 간극이 멀어질 때마다 다가서려고 노력했던 것 같다. 도서관에 있는 시간을 제외하고는 나 혼자 놀이터 벤

강병철 청소년시집 세수 안 한 날

치나 분식집 탁자에 기댄 채 멍을 때렸다. PC방이나 운동장에서 저물녘까지 머무르다가 꿈나무들의 낄낄대는 소리 들으며 햇살 받는 시간들이 그리도 행복했다. 그렇게 수십 권을 출산했으면서도 청소년 시집으로서는 겨우 두 번째이니 조금은 안타깝다. 문득 이제부터 시작이라는 직감도 든다.

정년 퇴임 이후 전국의 작가촌을 돌아다니며 글을 썼다. 풍광은 황홀했으나 아이들이 보이지 않았던 게 안타까웠다. 그러다가 오가는 길목에서 우연히 럭비공 먹머루 눈빛이 마주치면 가슴이 싸-하게 시렸음도 고백한다.

강원도 원주의 '토지문화관', 횡성의 '예버덩', 남녘땅 진도의 '시에 그린', 담양의 '글을 낳는 집', 그리고 해남 땅끝의 '토문재', '백련재'에서 채마밭 매거나 벌판을 걸었다. 그리고 해꼬리가 떨어질 즈음부터 마시고 썼으니 나는 필시 행운의 이력이다.

2025 늦봄 저무는 노을 앞에서

1부

할아버지 동급생

2024년 동급생 강경석 할아버지
가나다 출석번호 1번
자식보다 어린 권보미 담임님께
차렷, 경례, 인사하는 범생이 스타일
출석 부르숑 슨상님
재촉도 하시는 조급증 학생

교장님보다 스무 살 많고
박남이 신규 선생님보다
55세가 더 많으니
안 들리시는 게 윙윙 당연하지만
선생님의 틈새 찬스도 잡아
뭐라구홋?
당나귀 귀 쫑긋 세우는 열공학도

영어는 아예 깜깜

쓰는 건 단 한 줄도 못 나가지만
I am a boy 쩌렁쩌렁 읽으며
여권 이름 쓰는 게 목표
영어책에 매달리시는
You are grandfather 파이팅

쓰는 건 단 한 줄도 못 나가지만
I am a boy 쩌렁쩌렁 읽으며
여권 이름 쓰는 게 목표
영어책에 매달리시는
You are grandfather 파이팅

엑스트라 깜짝 1초

방송국 봉고차 운동장 진입
카메라맨과 스텝까지 종합 출동
내 14년 생애 첫 돌발사태
텔레비전 생방 시추에이션
갯마을이 뒤집어졌다
중딩 할아버지 수업 배경에
나까지 엑스트라 깜짝 1초 등장
V자 흔들던 재빠른 순발력
순삭 포착, 가문의 영광이여
81살 동급생 등장하면서
고요한 학교에 터진 대박 이벤트
전교생 모두 스타 되니
찐동기 할부지 덕분에 개이득이당

나의 체질 낯가림

일제 강점기 1942년생으로 169센티니까
옛날 사람치고 키가 크시지만
굽은 등 못 펴니
신장 측정 불가능
4센티 정도 작아진 건
척추 디스크의 퇴행이라는
의학 용어 설명으로 놀라게 했다

고향은 북한 땅 함경북도 온성
아홉 살 때 6 · 25 터져
피난길 시체 기억 생생하시다
흥남 철수 때 아버지 손 놓친 사연은
『국제시장』 빼박이다
나그네로 떠돌다 갯마을 정착
나이보다 65년 늦게 입학한

그 할아부지 동급생
신체 변화도 몸으로 증명하고
6·25 산증인으로 등장
윤리 교과서까지 합체된 보물이지만
낯가림 심한 나의 체질상
아직 말도 걸어보지 못했다구요, 으으

세금 납부

교장님 승용차로 탑승 하굣길
행정복지센터에서 일단정지
세금 납부 후 다시 타실 때까지
싱글벙글 교장님
늦깎이 공부도 감사하지만
우리 학교가 TV에 생방송 된
플러스 알파가 더 크다
전교생 모두 열아홉
한 명 더 추가되면서
중딩 평균 연령이 세 살 높아졌지만
악동들 장난 대폭 줄었다
졸업장 꼭 따세요 하르방 동급생

세수 안 한 날

산더미처럼 밀린 숙제
아빠, 30분 후에 깨우는 것 알죙
초저녁 눈 붙이자마자
앗, 아침 일곱 시, 폭망이닷!
왜 안 깨웠냐쿳? 소녀의 분노
깨웠어, 네가 안 일어난 거야
안절부절 아부지에게
화를 내며 깨웠어야지
세수도 패스, 생얼 등교다

짝꿍 은실이가 갸우뚱
내 얼굴 잠깐 보다가
어럽쇼, 다시 리펫 갸우뚱이니
달려라 하니, 물티슈 세안으로
노숙자 패션 지워야
오늘 하루 무사통과다

나는 공부는 하위권이지만
눈치 하나는 우사인 볼트보다 빠르다
자, 얼굴 단장 끝 숙제 베끼기 몰입

아빠의 슬픈 표정

아빠가 조심조심 꺼낸 새엄마 이야기

펄펄 뛰며 반대하던

아홉 살 기억

새엄마는 무조건 나빠

신데렐라나 콩쥐팥쥐

헨델과 그레텔, 뺑떡엄마까지

좋은 여자 하나도 없잖아

구박받기 싫엇, 소리치자

아빠의 슬픈 표정

책상에 엎드려 우는 딸

물끄러미 지켜보던 울 아부지

미안해용, 돌아가신 엄마 반짝 떠올라

만나기 전부터 미워한

동화 스토리의 감성

그때까지는 진심인 게 맞다 휴우

살그머니 안아주는데

일주일 후 처음 만난 새엄마
구석으로 숨던 나
화사한 표정으로 다가오는
웃는 얼굴 피할 수 없어서
일단 몸을 맡겼다
내가 까치발 세워도
높이가 맞지 않자
새엄마가 먼저 무릎 꿇으며
살그머니 안아주는데
이상하다 따뜻한 가슴
이 여자는 동화에 나오는
악질 새엄마와 다른 걸까
둥당둥당 뛰던 심장
6년 세월, 빛의 속도로 지나갔다
착한 새엄마가 확실한데도
아직 엄마 소리가 어색한 건
아무래도 팔쥐 엄마 탓이다

새엄마가 아기를 낳고

나는 열다섯 중2이고
5년 뒤 태어난 정담이는 한 살
이모 같은 누나가 되었으나
밤낮으로 응애응애
울음소리 노이로제 걸릴 판이다

엄마가 옆집과 윗집에 편지 써서
초코파이 한 상자 함께 보냈다
아기가 울어 죄송합니다
빨리 키우겠습니당
나까지 바싹 쫄았는데

이튿날 문고리에 걸린 윗집의 쪽지
귀한 아기 울음, 정겨워요
창문도 열어놨어요
상큼 답장에 감동했는데

옆집의 답신이 또 문고리에 걸렸다
아기 내복 속에 꽃 편지
속옷 선물 기회 너무 좋아용
아기 이름 가르쳐 주세요
빨리요

정겨운 메들리 합창에
눈물 번진 엄마의 답장
정답게 살라고 정담이예요
오가는 쪽지 보석 같은 사랑
행복 아파트에 딱 어울리는 사연

결혼기념일

오늘은 엄마의 결혼기념일
고로 아빠의 기념일이다
케이크 준비, 깜짝쇼 완벽했으나
연락 두절이신 가장님
핸드폰 때리니 휴우, 또 호프집
두 시간 내내 부글부글 기다리는데
미안 늦었지
M자 머리로 등장하는 아빠
부글부글 끓던 분노가
아이스크림처럼 사르르 녹는다
15년 직장 짤린 후 일용직으로 변신
퇴근길 막걸리 몇 잔이라는데
화장실에서 꾸역꾸역
술자리 안주 꼼꼼히 확인 중
등 두들기던 우리 엄마
속상해, 불쌍해

나 홀로 촛불 밝힌 후
결혼기념일 축하합니다
노래 부르다 갑자기 눈물이 터졌다
엄마도 젖은 눈시울로 합체
케이크에 만 원 한 장 꽂으시는
아부지 얼굴 사과처럼 빨갛다

백설공주 퀴즈

신데렐라에는 난쟁이가 몇 명 나오나요?
아재 개그 전담 국어 스승은
환갑 지난 할아버지
럭비공 소녀들 모두
어이 상실 메아리
일곱 명이우, 이응이응
수준 높은 퀴즈 부탁해용

선생님의 깔보는 눈빛
'안 나온다'가 정답이야 푸하하
일곱 난쟁이는 백설공주라구
넌센스 퀴즈로 한 방 맞다가
여러분 엄청이 웃기죠
웃음 강요 뒷말에 김이 새지만

노루가 다니는 길은 노르웨이

조폭 많은 나라는 칠레
호박 때리는 여자를 세 글자로
박팽년이라더니
'년'은 긴급 회수한다며 반성 모드

쌍팔년도 농담 따먹기로
애숭이 제자 가까이 다가오려는
노익장 스승의 노력은 인정
50년 차이가 줄어드는 느낌이지만
스승께서 올해에 정년 퇴임이시니
내년부터 헤어지는 거다

절대 사양입니다

노랑머리 출렁출렁 백설공주
머루 빛 눈동자
호리병 몸매도 장난이 아니다
백 년 동안 잠만 잤다는 공주가
오또케 다이어트 했을까
백 년 지나도 16세 몸으로
왕자 하나만 고요하게 기다린다나
나도 1년만 지나면 이팔청춘
동갑 나이가 되겠지만
오 노우, 딱 거기까지다
백 년 동안 눕는 건 절대 사양
남자 친구는 스스로 찾고
때가 되면 언제든 바꾼다

거울아, 거울아

여왕 여자가 아침마다
누가 가장 예쁘냐, 물었던 게
거울이 아니고
남편인 임금이 맞을 것 같다

아침마다 확인해야 직성이 풀리는
지긋지긋한 질문
거울아 거울아 이 세상에서 누가 가장
예쁘니 밉니, 밉니 예쁘니

지구상에서 두 여자만 딱 찍어
미모 순위 1, 2등 다투는
자칭 미스코리아는
우리 교실에도 널려 있다
나도 그렇다

왕자님 눈에 딱 찍힌

예쁜 여자는 무조건 해피 엔딩이라는

그 뻔한 루틴 스토리

나는 반대한다 고로 나는 깨어있다

뱃살공주

백설공주라고 부르는

전봇대 남사친 상원이 목소리

처음에는 호호옹 웃다가

뱃, 살, 공, 주, 또박또박 재탕 발음

그 순간 칭구들 눈동자 모두

아랫배에 집중되는 찰나

우사인 볼트 나사 조이듯

윽, 숨이 콱 막힌다

IC, 입 구멍과 똥구멍 위치 바뀌었냐?

호박 대가리얏! 소리 지르자

무더기로 모여드는 남자애들

기차 화통 삶아 먹은 여자냐

똥구멍 IC 상소린 또 뭐냔다

다섯 대 때릴 걸 두 대로 끝낸 건

잘생긴 얼굴값이다

'이 친밀한 배신자야'

핵꿀밤 두 방으로 대충 마감

흥부네 아들들

흥부네만 주렁주렁
깜부기 하나 없이 열둘이라니
참 네
아들은 보리 이삭
딸은 깜부기란다, 헐

발가숭이 열두 형제
멍석 구멍에 머리만 내밀고
밥 먹을 때도 오그르르
뒷간 갈 때도 한 줄로 엮여
뒤뚱뒤뚱 끌려갔다니
진짜 아부지가 맞긴 한가?

아들들의 캐릭터도 완죠니 제로
돌 지난 아기 방싯방싯 눈웃음이나
사춘기 럭비공 방황도 없이

모두 한목소리다
밥 줘유 아부지
나두 장가 보내줘유

딱 하나 좋은 점은
외동딸 동화 나라에서
연필 한 다스 맞춤형 형제
다둥이 가족은 최고점 평가이다
자식이 많아야 애국자인 시대니까

2부

탑승객

한계 중량 800킬로 엘리베이터
열셋까지 탈 수 있지만
평균 60킬로 기준이다
14층 현 인원은 여섯 명
남자 셋에 여자 셋
잘생긴 고3 오빠까지 동시 동행
눈이 마주친 대각선 방향
재빨리 스캔 후 고개 숙인 찰나
으윽, 심장 관통 레이저
오빠의 긴장도 절반은 바라면서
숨 막히는 분위기
아무도 모른다
엘리베이터 빠져나오면서
안개 나라로 온 세상 뿌옇던 날

방귀

13층에서 아차, 방귀가 터지면서
1층까지 수직 낙하 내내
내 인생 15년에서 가장 긴 타임이었다
건더기 없는 Dong 향기
소리 없는 냄새가
더 찐하다는 걸 증명시켰다
탑승객들 하나씩 갸웃갸웃
착한 고3 오빠 침묵 지키지만
나머지 모두 사냥꾼 눈빛
나는 끝까지 시치미 떼었다
유모차 미는 4층 할머니
갸우뚱 콧구멍 비비시다가
'누가 꼈댜? 두리번거려도
침묵은 금으로 굳게 버티니
드디어 1층, 대한독립만세다

지구의 종말이 오면

우리 학교 남녀 성비는 반반이지만

나는 아직 남친이 없다

잘생긴 오빠들 보면 설레지만

손을 잡기는커녕

말 한번 걸어본 적도 없다

그래서 지구의 종말은

안 된다 결사반대다

어느 날 운석 하나가 지구에 부딪쳐

마지막이 온다면 결단하리라

공부쟁이 열이 오빠 찾아

존경의 눈인사로 예의 갖춘 후

사람의 몸에서 빛이 뿜는 걸 가르쳐준

카리스마 혁이 오빠 찾아

재빨리 입을 맞추며

떨어지는 운석을 맞이한다 ㅋㅋㅋ

2044년까지는

인터넷 달력에서 낚은

20년 후 2044년 10월 첫 주

완죠니 감동 왕대박이다

열흘 내내 빨간 숫자니 말,잇,못

10월 1일 토요일 국군의 날

10월 2일은 일요일

개천절 지나 5일 추석이므로

4일에서 7일까지 줄줄이 연휴다

8일 토요일 다음 한글날

대체 휴일로 10일 내내 놀 수 있으니

아자자, 빨간 숫자 찍으면서

무럭무럭 자라는 청소년 꿈나무

단 지구 환경 보호도 함께한다

1회용 컵 사용 피하고

계단 오르기로 군살도 뺀다

까마귀

한 살 많으면서 나보다 2센티 작은
오빠의 컴퓨터 켰다가
처음 본 폴더 이름, 까마귀
수상하다, 마우스 누르자
뒤엉키는 살색 스크린
헉, 오빠도?
초딩처럼 쬐끄맣고 유아기 멘탈
귀요미 오라비의 야동이라니
악, 쇼킹 돌발사태
내가 정리하기로 결심
칼집 빼는 보호자의 각오
거울 보며 다섯 번 연습했다
카리스마 사라지면 폭망이므로
웃어도 안 된다
떨지 않는 표정으로
자, 이제 개봉 박두 타이밍
열려라 참깨

먼저 오빠에게

당장 지워

어리둥절, 초딩 멘탈 오빠

개소리 말고 요커트나 퍼

그러나 나의 싸늘한 표정

까마귀 폴더 가리키자

현실 파악ing

음냐음냐 헛바닥 다시다가

은상이가, 윽 나쁜 ㅅㅋ

친구 핑계 통하지 않자

엄마한테는 절대 비밀

즈은하 망극하옵니다

조아리는 간신배 모드

그럴수록 얼음처럼 차갑게

내 선에서 해결할 테니 지웟!

빛의 속도로 클릭

19금 행진 지우는 개귀여운 포즈

궁디 탁탁 쳐주고 싶다
반성했으니 원인 무효라며
고래밥 탈탈 털어먹으며
오리지널 순수 바탕으로
착해질 거라며 흐뭇했던 날

직박구리

야동 사태 까맣게 잊은 채
초딩 수준 스터워즈 게임
히얏호, 원초적 비명
귀염둥이 오빠로 원위치
게임 머니 기프트 카드 나누며
강물 같은 평화가 온 줄 알았다
내 컴 고장 날 때까지
남매의 우정 건강했으나
오빠의 컴 여는 순간
못 보던 직박구리 폴더
IC 또 모야
푸락푸락 곁눈질 한 방에
후드드 지우는 민첩성
청정구역에 다시 야동의 등장
한심 오빠가 정답이지만
무난한 질풍노도 다독일 타이밍

독수리나 개똥지빠귀
꺼진 불도 다시 살피겠지만
엄마의 불시 점검 쉴드 쳐주고
오빠의 성장통 인정할 참이다

앞뒤가 똑같네

자습 시간에 우영우 드라마 보다가
앞뒤 똑같은 이름이네, 한다
구제역이 몇 호선이냐, 묻던 석진석이나
뜨거운 물 온수역 윤기윤처럼
우수수 쏟아지는 쌍둥이 단어들
기러기, 토마토, 별똥별 지나
다들 잠들다
여보 안경 안 보여
생선 사가는 가사 선생, 에서
모두 제압당한 침묵 타임, 나 혼자
자지 만지자
그 카드 빼면 빵 터지겠지만
후폭풍 두려워
아들딸이 다 컸다 이 딸들아
적당한 문장으로 퉁 치고 끝

질풍노도

스마트폰 야동 보다가 딱 걸렸다

병호와 덕재까지 무더기 몰입 중

머리를 덮친 그림자

아, 걸렸다

일주일 운동장 청소 각오하며

쭈구리 포스로 조아리는데

이상하다 학생부 불독 선생님

봄날 눈사람처럼 포스스 녹더니

뒤통수 긁어주며 껄껄껄

걸린 기념, 운동장 청소나 해야겠지만

청소년 성장기 이해하신단다

그래, 교칙에 어긋났지만

우리도 중독 전문가는 아니며

발바닥이 땅에 닿지 않는

비행 청소년도 아니다

영원히 안 본다는 장담은 금지

어디로 튈지 모르는

대한의 중2 럭비공이니까

북한군도 겁먹는 질풍노도이니까

정당한 배식

내 식판 소시지가 적다는 느낌
'몽고반점'을 중국집이라고 우기는
석철이보다 5그램 적게 나오고
갈매기살을 '갈매기의 살'이라 주장하는
기철이보다 건더기 부족
전쟁에 실패한 지휘관은 용서하지만
배식에 실패한 조리사는 용서할 수 없다
순전히 나 혼자 만든 문장으로
항의할 용기는 없다 음하하
창조적 문장이 너무 대견해서
혼자 키득키득 웃는데
밥 먹던 아이들
드디어 맛이 갔나, 갸우뚱
사실 5그램은 따질 무게가 아니므로
오늘 배식은 정량이 맞다

배달 민족

왜 배달 민족이라 부를까
조상님이 짬뽕 배달 라이더였나?
툭 던진 질문 한 방에
적막의 30초
정지화면 한문 수업

오토바이 치킨 배달과
저 멀리 동해바다 독도 지킴이
배달의 기수 국군 오빠
우리 반 모두 헷갈리는데

앗, 답이 나왔다
박달 민족에서 음을 빌렸으니
단군 할아버지 박달나무 단檀
헉, 무르팍 치는 탄성

박은 '밝'이고 달은 '머리'

'밝은 머리' 꺼내며

백두산白頭山까지 팁으로 주시니

단어 풀이 애국자 되면서

한자 몇 개 익힌 기념

치킨 배달에 콜라는 덤이다

치킨의 추억

아빠가 치킨 반 마리 사 오신 게

다섯 살 때인가

다리가 하나뿐인 반 마리 치킨

오빠가 재빨리 잡는 바람에

내가 펑펑 운 최초의 절망

그 후 아부지가 먼저 다리를 주셨으나

오빠가 나머지 죄다 먹으니

유아기 세 살 차이

극복할 수 없었다, 휴우

반 마리 치킨도 팔 때였고

우리 집도 쪼들렸던 것 같다

상처를 존효 모르는 철부지 오빠

까맣게 잊었지롱 헤헤

망각 기념 치킨 한 마리 배달시켰다

불똥 3종 세트

명랑 쾌활하던 우리 엄마
오십 세 가을, 갑자기 몸이 불더니
피부 건조로 시작된
시간 장소 불문, 불똥 3종 세트

첫째 덩달아 혼나는 케이스
학원 빼먹고 PC방 걸린 오빠
소매 끌려 야단맞을 때
재빨리 문고리 눌렀어야 했다
나 혼자 '빨간 머리 앤'에 빠져
길모퉁이 돌면 뭐가 나올까 궁금해요
감동의 대사에 가슴 여미는데
냅다 터지는 기차 화통 소리
너도 똑같애
그 부당한 호통에 대들지 않고
엄마 말이 맞아요 호호호

생긋생긋 웃는 내공도 갖추고
엄마를 위한 알사탕
호두 넣은 요구르트 준비하며
여자의 사추기思秋期 보호해야 한다
갱년기 엄마 감쌀 줄 아는
심청 소녀로 성숙 중

엄마의 갱년기

모처럼 설거지 특별 서비스 딸에게

그릇 깨지겠다

김밥 옆구리 터지는 두 번째 케이스

깨지지는 않았송

그릇 뒤집으며 호호 웃는 얼굴에

온젠가는 깨진다굿

헐?

해도 욕먹고 안 해도 먹으면

집어치울까

꾸욱 입 다물자

주의하라구, 왜 대답 안 해?

그래도 나는야 순종의 흥부 심성

갱년기 멘탈 우리 엄마

정신과科 상담 중이니, 잘 살피자는

아빠와의 약속 지켜야 하므로

보호자 타이밍

무대뽀 화풀이 그물에 걸리는 게
불똥 세트 세 번째이다
두 시간 넘게 공부하다가
아주 잠깐 넷플릭스 영화 눌렀는데
앗, 잔소리 미사일이닷!
하루 종일 영화만 보니?
예전 같으면 끄악끄악
시조새 비명으로 대들었겠지만
지금은 다르다
공황장애 상담 후
소파에서 잠드신 엄마
깨어나면 요구르트 내려줄 참이다
MZ세대 효녀로 변신
딸이 아플 때 가장 크게 울던 울 엄마
이제 나의 보호자 타이밍이다

수술 직후

분명히 두 발로 걸어 들어갔는데

눈을 뜨니 마취 후 수술 끝

침대 누르며 벌떡 세우자

안 돼욧, 일어나지 마요

나이팅게일 목소리

여기가 어디예요

재빨리 물어본 나의 찬스 포착력

병원, 모르겠어?

솔직히 알고는 있었지만

일부러 천장을 보며

아, 제가 어떻게 여기에 왔지요?

허스키 목소리로 고개 돌리던

드라마틱 스크린 직후

어럽쇼, 주사기 든 천사표 언니

발자국 소리 쿵, 쿵, 쿵

다가온다 저승사자 눈빛

도망칠 데 없는 벼랑 끝 침대

숨멎 주의

자전거로 골목길 슝슝 날다가
툭 튀어나온 승용차
몸이 독수리처럼 붕- 뜨면서
푸른 하늘 날갯짓 잠깐 상큼했는데
그다음 필름이 뚝
두 번의 수술 후
70일 만에 드디어 등교

두근두근 교실 문 여는데
이상하다, '안녕' 인사도 없이
모두 문제 풀이만 골몰
시험 날이구나
내가 없어도 정신없이 바쁜 학교
캔디처럼 외롭게 견디려 했으나
설움의 눈시울 글썽글썽
들키지 말아야 한다

잠시 후 누가 내 머리에
고깔모자 뒤집어씌우더니
세숫대야 케익이 훅 들어왔다
하늘아, 퇴원 축하해
일제히 일어서서 박수치면서

숨멎 주의
지구의 자전까지 멈출 뻔했다
축하합니다 당신의 퇴원 축하한다는
서프라이즈 너무 놀랍다
팡팡 울은 기쁨의 눈물
고마워 칭구들아
아름답게 사랑할 거야

3부

중2병 누나

아빠에게 온갖 재롱을 부리는 누나
고전이 된 싸이의 말춤으로
거실 한 바퀴 사뿐사뿐 돌다가
기습 포옹으로 안기는 중2 소녀
오- 명랑 내 딸
아빠의 배춧잎 약탈 직후
내 앞에서는 완죠니 변신
지킬박사와 하이드 되어
리모컨 심부름 명령
침대에 누워 손가락으로 가리키며
가져왓! 셋 셀 동안
비누 조각 수행평가 멈추고
벌떡 일어나 바쳤으니
나도 문제가 없는 건 아니지만
괜찮다 사춘기에 들어설 이 몸의
1년에 10센티씩 쑥쑥 크는

사나이 성장 속도 예상 못한 것 같다
기다려라, 원수를 은혜로 갚으리라
근육질 불쑥한 사나이로
연약한 누나의 보호자가 되리라

귀여워

9프로 당도 천도복숭아
한 입 바싹 씹는 찰나
뭔가 꼬무락꼬무락
벌레닷! 뱉으며 소리쳤는데
다섯 살 선영이만 달랐다
아이 귀여워
동그란 눈으로 살펴보던
천사표 착한 눈동자
나는 순삭 시인이 되었다
복숭아 속살 나라
단물 울타리 헤엄치는
아름다운 생명력에 감탄
풀밭에 살며시 얹어주자
초록으로 변신한 벌레의 몸

여덟 살 현아

우리 집은 3남매
남동생 6학년, 여동생은 여덟 살
당연히 남동생이 타킷이다
예전에는 몸으로 밀고 당기다가
지금은 주로 말싸움으로 변신
내가 먼저 걸 때가 많다
눈, 코, 입이 가운데로 뭉친 놈아
누나도 만만찮거든
네가 훨씬 멍청해
동생이 멍청해서 누나가 좋아?
그래 좋다, 아주 좋아
나 멍청할 때 누나가 뭘 도와줬는데
이 자식, 손바닥 올리는 그 찰나
뭔가 서늘하다
여덟 살 현아의 훌쩍훌쩍 포즈에
가정의 평화 위해 일단 종료

엄마가 아니고 파리

열한 살 차이 늦둥이 동생
네 살 수지는 말을 빨리 배웠다
엄마가 먼저
동생 낳아줄까
설레설레
울보 아기 싫어요
고양이 하나 낳아줘요
빵 터진 김행숙 여사
베란다에 날아온 파리 가리키며
엄마가 파리로 변하면 어떡할 거야
때려죽여야지
천진 답변에 폭풍 충격
글썽글썽하다가 펑펑 울었다
깜짝 놀란 착한 수지
엄마 말고, 파리라니까
나도 눈물 닦아주며 달래는 중

잘생긴 우리 오빠

열여덟 오빠는 우리 반 동급생 중2
179에 80킬로, 살만 빼면
아이돌 이도현보다 뽀대 나지만
무면허 운전자에게 뇌를 다친 후
다섯 살 정신연령
공부는 전혀 못하지만
낮 동안 보호자가 없으므로
나를 따라 일단 등교는 한다
어제도 강당 소회에서
뿌아아, 공룡 소리 질렀지만
이미 익숙해진 전교생
아무도 놀라지 않고
국어 스승이 강당 뒤로 데려가
다독다독 얌전이가 되었으니
오늘 시작도 무사 패스다
엄마의 기도는
아들보다 하루 더 살게 해주세요

민들레

중학생 친구들은 초딩 때처럼

졸졸 따라다니며 놀리지 않으므로

등굣길이 힘든 건 아니다

건널목에서 '조심' 하고 당기면

순한 양처럼 얌전해지고

어린 동급생에게 먼저

손 흔드는 안부로 탱큐, 하더니

아스팔트에 쪼그려 앉기에

뭐해, 툭 건드리자

민들레, 하며 벙글댄다

실제로 노란 깃털 물씬물씬 번져서

나까지 자르르 번진 눈시울

오빠가 이름 석 자 처음 쓰던 날이다

노총각 막냇삼촌

새해 세배 끝나자마자
막냇삼촌 소매 당긴 할아부지
나는 열아홉에 장가갔는데
너는 서른아홉 홀애비냐
그 나이엔 자식이 여섯이었다
연례행사 잔소리
꽃미남 노총각의 흔한 명절은
참을성으로 버티는 거라며
한 귀로 흘리며 생글생글
〈흑백요리사〉에 몰입 중
약주 한 잔 더 들이킨 할아버지
내년에는 꼭 쌍쌍으로 만나자는
5년째 명절 모닝 루틴
올해도 순삭 통과되었지만
나도 빨리 결혼하고 싶지는 않다
많은 남친을 만나는 게 먼저다

곰 인형

고민영은 한 살 어린 열네 살
빠른 1월의 동급생
하얀 얼굴에 짙은 눈썹
조롱박처럼 가느다란 허리
공부는 상위권인데
아주 착한 사춘기는 아니다
겨우 아일릿 사진 좀 보자는데
쌩을 깐 난감 사태
복수 방법으로 곰 인형이란 별명
이름처럼 오동통하니
빼박 못할 운명적 체형
반달곰 털이 뾰족뾰족 솟아라
문자 메시지로 보내려다가
아차, 이러면 싸움이 커지지
버튼 접어, 엉거주춤 마감 상태이고

내 친구 영표

반장 출마로 2표를 얻었다
하나는 내가 찍어준 거고
나머지 하나는 모른다
학급 반장은 떨어졌지만
스스로 찍지는 않았으리라
내가 믿는 반장 재목 심성이다
후보 여섯 명 중 꼴찌이지만
0표 이름보다 두 표 플러스라는
내 위로에 만족한 표정
입술이 반달처럼 쫘악 올라가며
포장집 튀김으로 탱큐 표시
말 한마디로 천 냥 빚 갚았으니
또 한 표는 내가 찍은 거야
영표의 충격 고백도 가볍게 패스다

내 친구 청재

이름이 비슷해서 별명도 천재지만
아직 글씨를 모르는 청재
국어 스승께서 옆에 붙어
닦고 조이고 기름치신다
사과와 책상, 통닭 사진 밑에
사과, 책상, 통닭이라고 쓰셨다
사과를 가리키자 사과라고 읽었고
책상에서 머뭇거렸으나
조금 늦더라도 정답 통과
문제는 통닭에서 아주 자신만만
치킨! 크게 소리쳐서
갑분싸 분위기, 휴우
그래도 경운기 시동도 잘 걸고
하굣길 버스도 확실히 탄다
집에까지 한 시간 거리
산동에서 갈아타는 완행버스도 척척

내가 꾼 버스표도 받지 않는

천사표 착한 심장

영원한 등굣길 찐친 확실하다

교장님 순찰

10분만 자요 선생님
마음 약한 할부지 국어 스승 허락에
야간 자습 올 멤버 스무 명
모두 잤다 불법 수면은 아니지만
약속 타이밍이 휠 지나도록
30분 내내 초토화

아이구 수고하십니다
국어님보다 10년 젊은 교장님
문을 열며 칭찬부터 하셨는데
전멸된 럭비공 초토화 현장
어리둥절 헛기침만 하신다

10분만 재운 겁니다 허허
컴퓨터 덮으시던 선생님까지
모두 공범이 되었다

재빨리 일어나 공부하는 포즈
우리 모두 건강한 일체감이다
그 후 한 시간 내내 열심히 했으니
또이또이 된 거다 할 말 있나?

18세기 로마도 있어요

덩치맨 스승께 '아이 시발'이 나온 건

솔직히 얼떨결 실수가 맞지만

엎질러진 물이 되었다

얼굴이 하얘진 반달곰 선생님, 어쩌나?

눈치 백 단 경훈이가

해결사로 나섰다 두근두근

선생님께 한 게 아니고

준용이한테 한 건데요, 그렇지?

맞아요 저한테 했어요

여기저기 맞장구 공범들

동대전 IC도 있고요

18세기 로마도 있어요

그 도피법 중 하나가 성공

두르뭉슬 넘어가긴 했으나

선생님이 일부러 넘겼을 수 있다

나 혼자 조아려 사죄하고 싶지만

왕따로 몰릴까 봐 망설이는 중

4부

푸른 식물

청소년 백일장 출전 후
국어님과 점심 먹던 어린이날
창밖의 푸른 식물이 급궁금
저게 뭐지요?
어이없는 스승의 표정
벼야, 매일 먹는 쌀, 몰라?
알아요, 익을수록 고개 숙이는
그 식물 모르면 간첩이지용
그 와중에도 신속 카톡
민지와 수하 3인방 놀이판

나 : 혼났다 이삭이 없어서 벼인 줄 몰랐어 ㅎㅎ
민지 : 나도 ㅋㅋ 담쟁이넝쿨을 나팔꽃이냐고 물었당
수하 : 나도 생강을 대나무냐고 했지롱

MZ세대끼리의 소통

세븐틴이나 아이브 모르고
남진이나 송창식만 아는 스승님
수준이 달라도 존중은 한다

세븐틴이나 아이브 모르고
남진이나 송창식만 아는 스승님
수준이 달라도 존중은 한다

세 시간은 빼고

오늘 불금은 도합 6교시

점심시간 합치면 7교시이지만

세 시간 휴식이 빠지므로

견딜만하다 체육 과목과 점심 타임

그리고 국어 시간이다.

점심은 식판 반납하자마자

스마트폰 게임으로 끝

체육은 축구공 따라 야생마처럼 달리며

미래의 새싹으로 성장하지만

국어는 조금 미안하다

스승 혼자 고래고래 열강에 빠지고

만화책 삼매경에 빠진 중딩들

잠을 자도 닦달하지 않으므로

종 칠 때까지 느긋한 평화

내일부터 이틀 연속 빨간 요일이니

이젠 됐다

시간이야 어찌 되건 나는 모른다

대낮 침입자

웬 술 취한 아저씨가 운동장에 침입

벤치에 다리 쫙 벌리고 누워

C헐C헐, 침 뱉자

소녀 사춘기들 우르르 구경 나왔다가

발차기 맞은 은실이가 울자

정의파 과학님이 뛰어나와

나가주세요, 말리다가

어퍼컷에 앞이빨 가드

자지러지는 질풍노도들

오또캐, 선생님들 부르면서

119에 비상 전화

조금만 기다리면 해결되겠지만

그 침입자, 다음에 또 등장하면

럭비공들 우르르 덤벼야 하나

내가 태권도 배워 해결사로 나설까나

암바

운동장에 달려온 정의의 사도 체육님

마흔 살 격투기 전공자

날아오는 주먹 피하며

근육질 두 다리 어깨 걸더니

고무줄 암바로 묶는 효도르 타법

전교생 관객과 스승들

담 너머 기계공고 축구부

무서운 오빠들도 지켜보았다

삐요삐요 백차에 끌려가면서

교장님까지 표정이 환해지고

영웅이 된 체육님

고딩 선배들도 설설 기면서

담장 뒤 흡연 풍경 사라진

등굣길 평화는 플러스 덤이다

상추 봉사

옥상 실습장에 키운 상추
푸르게 쑥쑥, 탐스러워
보람차게 봉사해야지
급식 탁자에 올려놓자
벌떼처럼 달려들던 아이들
어럽쇼, 이빨 부딪치는 따다닥 소리
갸우뚱 인상 찌푸리다가
야, 이거 안 씻었니?
나는 상추 씻는 사실을
깜빡한 게 아니다 전혀 몰랐다
쿠키 레시피는 수준급이지만
주방 담당은 엄마였고
나는 살림하려면 한참 남았으므로
모르고 살아온 게 당연하지만
모처럼 착해지려던 서비스 심성
바람 빠진 풍선처럼 찌그러졌다

나중에 진짜 어른이 되면

깔끔한 요리사로 변신할 참이다

상추는 뽀송뽀송 씻는다

희롱

공주 공산성 계단 앞에서
잠자리 두 마리
도망칠 듯 하늘하늘 흔들면서
나풀나풀 쏟아지는 봄 햇살
문득 떠오르는 희롱이란 단어
세상에서 만나기 싫은
가장 나쁜 단어가 성희롱인데
잠자리의 희롱은 열외이다
서로 꼬리에 꼬리를 무는
야한 희롱 자세도
봄나들이 찬사로 듣는
순수 곤충들의 세상
나 혼자만 빨개진 건 특급 비밀

동창생

민디 글레이저 판사는 눈 맑은 여자
법정의 흑인 남자는 아서 부스
재판이 끝날 때쯤 판사가
혹시 나틀라스 중학교 나오셨어요
먹하니 바라보던 남자
오- 이럴 수가, 친구여
탄식의 눈물 펑펑 흘렸다
반에서 제일 착한 아이였고
축구 할 때 같은 편
30년 내내 궁금했다는 민디
10개월 선고 후 아서의 출소 날
기다리고 기다리던 판사 여사친
뜨겁게 껴안던 그 장면
나도 눈물 흘렸던 유튜브이다
9년 후 부스가 절도죄로
다시 걸려서 또 수갑 찼으니
해피 엔딩 마감도 만만치 않다

어느 생태학자

브라질 소년 줄리안이 탄 비행기

추락으로 92명 중 91 명 사망

그가 탄 좌석이 나무에 걸리며

혼자만 살아 밀림에 떨어졌다

로빈손 크루소가 된 소년

나무 밑동 나이테 보며

북쪽 방향키 잡았다니

될성부른 떡잎이다

새 떼 날아가는 쪽에 강이 있으므로

마을이 나올 거라고 확신

가재가 노는 개울에서 물을 마시고

빈 오두막 석유통 뒤집어

상처에 들끓는 구더기 소탕하며

살아난 소년, 도서관 열공에 빠져

세계적 생태학자가 되었다는

초대박 사연 SNS 공유 누르세요

즐거운 나의 집

- 총각 엄마

탈북 소년 열 명의 남자입니다

부모나 고향 모두 다르지만

즐거운 나의 집

마흔 살 모태 솔로 태훈 삼촌

새벽부터 닦달하는

한국 엄마 체질 그대로입니다

6시에 고딩들 깨워 밥 먹이고

30분 지나 중딩 타이밍

11살 초딩은 7시까지 재웁니다

방과 후 돌아갈 수 있는

따뜻한 나의 집, 지금은 행복합니다

드라마 보며 결심

- 석훈이

10월에 벌써 눈 내리는 함경도 회령

두만강 경계로 잡힌 중국방송

옆 채널에 한국 TV 딱 떴으니

걸리면 죽는다, 문고리 걸고

'이상한 변호사'나 '노란 손수건'

드라마 보며 결심

엄마가 준비한 3일치 밥

두만강 넘자마자 떨어지고

강냉이와 쌀겨도 먹으며

차가운 강물 헤엄쳐 만난

중국 낚시꾼이 따라준 고량주 한 잔

몸 풀러 죽은 듯 잠들었단다

이튿날부터 정글 삼만 리

첩첩 사연은 다음 기회로

지금은 탈북 10개월, 17세 중2이다

짜증도 부리며

산 넘어 물 건너 목숨 걸고 만난
남한 땅 익숙한 풍경은
북에서 몰래 본 드라마 덕분
인천공항에 내려 한강 대교 넘던
그때까지만 황홀했다
살면서 겪은 외로움은
중국 땅 고독과는
클라스가 다르게 처절했는데
마침내 만난 삼촌 엄마
지금은 따뜻한 방이 있다, 때때로
우이 C 쪼끔 더 잔다고용
짜증도 부리는 질풍노도 클라스
갑분싸, 근자감 뜻도 아는
한국 청소년으로 변신이 맞다

커밍 아웃

두 살 어린 우리 반 아이들
내가 북한 출신인 줄 모른다
빨갱이라고 놀릴까 봐
입술 칭칭 동여매었다
그게 안타까운 총각 엄마는
탁 까고 커밍아웃 하라지만
잘 모르는 소리, 휴우
이산가족 상봉역 산다는 김기철은
덕규를 간첩으로 신고도 하고
미사일 발사 스토리 전혀 모르는데
네가 쏘았니? 깨방정도 대략 난감
크리스마스 송년 무대
가족 합창 '울면 안 돼'로
훌훌 털면 마음이 바뀔지 모른다
자, 또 노래 연습 타이밍, 모이란다

가족 여행

대한민국 지도 펴놓고

서울이 어디야

량강도 출신 광식이가 쩔쩔매자

얼굴이 빨개진 노총각 엄마

국토 사랑 가족여행 결심

봉고차 타고 룰루랄라

아싸, 포장마차 오징어 회도 먹고

돼지고기 불판도 구웠지만

가장 설렌 건 동해바다 속초

비키니 입은 누나들

매끈한 허벅지에 넋이 빠져

재빨리 스캔하려던 성근이

삼촌이 막아서 미수에 그쳤다

계절마다 가족여행 계획이라니

세계지도에서 대한민국 찾지 못할

광식이에게 기대 만땅이다

마음은 교실에 머물러 있으니

정덕재 (시인)

1.

"내가 근무하는 학교에서 가장 연륜이 많은 평교사로 변신했으니 세월이 빛의 속도다. 예전에 풋풋했던 젊은 나무가 어느새 연륜 높은 하회탈 교사가 된 것이다. 아이들은 늙은 스승의 볼록 튀어나온 배를 꾹꾹 찌르기도 했고 나 역시 그들 모두 편안했다. 학생부에 끌려와 징계받는 럭비공들의 몸에서도 푸릇한 꿈나무의 미래가 보이는 것이다. 그게 맞기도 했다.

교무실에서도 마찬가지이다. 아들, 딸 또래 연륜의 동료 교사들이 열댓 명이 넘으니 차라리 마음이 편해진 것이다."

- 강병철 산문집 『어머니의 밥상』 중에서

강병철 시인은 평교사로 퇴직했다. 그는 나이가 들어 정년퇴직하기 이전에도 학교를 떠난 적이 있다. 그 당시에는 퇴직이 아니라 해직이었다. 시인의 표현대로 질곡의 시대에 36년 평교사로 일하면서 전교조와 풍파를 함께했다. 해직 시절에는 아이들이 그리웠고, 교실로 돌아가고 싶은 마음이 간절했다. 얼마 전 페이스북에 올린 회고담을 보면 그 시절 심정이 애틋하다.

"1985년 그해 여름, 소도시 여고 교사에서 해직되었다가 다시 잡은 직장은 대전시 은행동 뒷골목의 검정고시학원이었다. 그리움이 컸던 탓일까, 허름한 골목길 3층 교실 칠판 앞에 다시 선다는 것만으로도 두근두근 설레었다. 그랬다. 내 양복 소매에 묻은 분필 자국만 봐도 가슴이 자르르 밀려오던 그런 세월이었다."

복직 이후, 그가 자주 쓰는 말처럼 어디로 튈지 모르는 럭비공 같은 아이들과 긴 세월을 함께했다. 퇴직을 앞둔 시점에 쓴 위의 산문에서는 젊은 날의 의협심과 열정을 가리는 여유가 드러나 있다.

어느새 퇴직 6년 차다. 필자가 '어느새' 라는 말을 쓰면 그는 다음과 같은 기억을 떠올릴 것이다. 요즘 그의 페이스북을 보면 파란만장한 성장기를 엿볼 수 있다.

"하필 '어느새'란 부사어가 떠올랐을까. 64년 전이고 꽃 피는 봄날이었다. 선공이 형님과 성현이 형님이 우리 집 바깥마당 살구나무 아래에서 맞짱을 트고 있었다. 그때 두 형님이 가장 많이 내뱉은 말이 그 '어느새'였다. 주먹이 날아오면 '어느새' 소리치며 피했고 엎어치기를 넣으면 '어느새' 하고 낙법으로 버텼다. 그래서였을까, 나는 아홉 살 때까지 그 뜻이 '위기를 잘 피함'으로 해석했었다.

실력은 딱 맞수였는데, 싸움이 끝나자마자 풋머슴 둘이 나무 밑동에 기대어 풍년초 담배 연기를 날렸다. 그때부터 코밑에 수염이 숭숭 박힌 채 담배 연기 날리는 떠꺼머리 총각들에게 '승갱이 성', '싱혀니 성'에서 깍듯한 '성님'으로 호칭을 바꿨던 것 같다."

그는 옛날(?) 사람이다. 강한 남성성을 흠모한다. 스스로 강한 남자라는 의식도 은연중 배어 나온다. 예전에는 술집에서 술잔을 기울이다가 손가락을 당기는 놀이를 자주 하곤 했다. 나 같은 사람이야 힘 한번 쓰지 못하고 맥없이 끌려간다. 한마디로 '쨉도 안되는' 수준이다. 힘을 좀 쓴다는 사람도 그가 제안하는 손가락 당기기 게임에 참가해 어설프게 자존심을 세우다 보면 골절상을 당할 위험이 크다.

"내가 이거 해서 진 사람이 딱 두 명 있는데, 걔네는 힘이 장사여. 그게 누구냐면은…."

고희의 나이에 지금은 이런 놀이를 하지 않지만, 적수가 그리 많지 않을 것이라는 자신감은 여전한 것으로 짐작한다. 그가 남성의 힘과 함께 자주 얘기하는 것이 나이를 확인하는 일이다. 말 그대로 따지는 게 아니라 확인할 뿐이다. 그래서 그의 발언과 증언들은 지역 문단사를 정리할 때 요긴하게 쓰일 것으로 보인다. 주변에서는 원로예술인 녹취사업이라도 해서 제대로 기록해야 한다고 말하는 이들도 여럿 있다.

"그 친구가 학번은 74인데 삼수를 해서 누구랑 나이가 같거든. 근데 그 누구 동생이 학년은 높아. 그렇게 어울리다 보니까 완전히 개족보로 꼬인 거지."

술자리에서 이런 대화는 수시로 등장하는 단골 메뉴이다. 그렇다고 후배들한테 위계질서를 강요하는, 권위의식을 갖고 있다는 뜻은 아니다. 나이와 학번을 짚는 것은 관계의 올바른 복원(?)을 위해서라고 생각한다. 그가 펴낸 많은 작품집만 읽어도 유년 시절부터 중장년까지, 가족사부터 사회사까지 고스란히 알 수 있다. 특히 학교에서 만난 아이들과 관련한 기억들은 한 시대를 관통하는 교육일기이자, 작가의 성장 서사가 된다.

2.

그는 교사일 때도 열심히 썼지만, 퇴직 이후에는 더 열심히 쓴다. 시를 쓸 때는 시인으로, 소설을 쓸 때는 소설가로, 산문집을 펴낼 때는 작가로, 순간순간 자리 이동을 할 뿐, 쓰는 일에 매진하고 있다.

퇴직 이후에는 전국에 있는 작가촌을 순회하면서, 이곳에서 저곳으로 옮겨갈 때마다 책을 한 권씩 묶는 것으로 보인다. 명절에는 집 근처 대학 도서관에서 글을 쓰기도 한다.

"왜 명절에 도서관에 가세요?"

"명절 때 누가 도서관에 오나요? 덕분에 전세 내놓고 쓰는 거지."

"요즘 쓰는 속도가 더 빨라지신 것 같은데."

"나이가 들면 기억이라는 게 오류가 생기기도 하고, 그러니 아직 기억날 때 더 써야지요."

퇴직 이후, 쓰기 중독자의 '중독'은 더욱 깊어지고 있다. 무엇이 쓰는 힘을 충전시킬까. 청소년 시집은 교단의 기억과 상상이 창작의 에너지가 되고 있다. 청소년 시집을 미리 읽으면서 경외심을 갖는다. 시인은 옛날(?) 사람이 아니고 요즘(?) 사람이라는 것을 다시 한번 깨닫는다. 시집 전편에 흐르는 감성은 연륜과 발랄함이 섞여 있고, 아재 농담과 10대의 유머가 뭉쳐 있다. 학생들의 풋사랑도 명랑하다.

우리 학교 남녀 성비는 반반이지만

나는 아직 남친이 없다

잘생긴 오빠들 보면 설레지만

손을 잡기는커녕

말 한번 걸어본 적도 없다

그래서 지구의 종말은

안 된다 결사반대다

어느 날 운석 하나가 지구에 부딪쳐

마지막이 온다면 결단하리라

공부쟁이 열이 오빠 찾아

존경의 눈인사로 예의 갖춘 후

사람의 몸에서 빛이 뿜는 걸 가르쳐준

카리스마 혁이 오빠 찾아

재빨리 입을 맞추며

떨어지는 운석을 맞이한다 ㅋㅋㅋ

- 시 「지구의 종말이 오면」 전문

여학생은 잘 생긴 남자친구를, 남학생은 예쁜 여자 친구를 만나고 싶어한다. 잘 생기고 예쁜이라는 말 속에는 외모를 포함해 친절, 배려, 용기, 헌신 등 많은 의미가 담겨 있다.

잘생긴 오빠 손을 한 번도 잡아본 적 없는 여학생이 지구 종말을 결사 반대하는 이유는, 달콤한 입맞춤에 대한 환상 때문이다. 이 환상은 하얀 도화지에 인생의 색깔을 칠해 가는 순진무구에서 나온다.

한 실 많으면서 나보다 2센티 작은

오빠의 컴퓨터 켰다가

처음 본 폴더 이름, 까마귀

수상하다, 마우스 누르자

뒤엉키는 살색 스크린

혁, 오빠도?

초딩처럼 쬐끄맣고 유아기 멘탈

귀요미 오라비의 야동이라니

- 시 「까마귀」 부분

당장 지워

어리둥절, 초딩 멘탈 오빠

개소리 말고 요커트나 퍼

그러나 나의 싸늘한 표정

까마귀 폴더 가리키자

현실 파악ing

음냐음냐 혓바닥 다시다가

은상이가, 윽 나쁜 ㅅㅋ

친구 핑계 통하지 않자

엄마한테는 절대 비밀

- 시 「먼저 오빠에게」 부분

무난한 질풍노도 다독일 타이밍

독수리나 개똥지빠귀

꺼진 불도 다시 살피겠지만

엄마의 불시 점검 쉴드 쳐주고

오빠의 성장통 인정할 참이다

- 시 「직박구리」 부분

어린 소녀는 19금 영상의 불온한 세계에 빠진 오빠를 가자미 눈을 뜨고 바라보지 않는다. '귀요미 오라비의 야동이라니'라는 표현은 호기심 많은 나이에 갖는 자연스러움이고, 시적 화자 역시 그 호기심에 동반하려는 심리를 갖고 있다. 동생은 오빠의 보호자이자 지킴이를 자처한다. 시인은 오빠와 동생의 관계를 낙관적으로 바라보며, 그 낙관성은 자유로움으로 이어진다.

'유아기 멘탈' '현실 파악ing' '쉴드 쳐주고' 등의 혼재된 표현들과 일상적 대화가 시로 옮겨 오는 순간, 그 관계는 하나의 스토리로 만들고 성장하는 가족사의 면모로 드러난다.

3.

이름은 부모님이나 할아버지가 짓는 경우가 많다. 호는 자신이 짓거나 가르침을 주는 분이 내려주기도 한다. 애칭이나 별명은 대개 친구들처럼 친근한 관계에서 불린다. 별명은 또래 집단이나 같은 그룹 안에 있는 이들이 부르기 때문에, 관계를 모르는 이들은 알 수 없는 익명성을 갖고 있다.

어릴 적에 부르는 별명들은 신체적인 특징을 반영하거나 이름이 주는 발음의 특성을 변형하는 사례가 많다. 머리가 크다고 해서 대두, 키가 크다고 해서 꺽다리, 성이 변 씨면 똥이라는 단어가 들어가고, 이름이 주태이면 주태백이가 별명이 될 확률이 높다. 세호는 새우라고 불렸을 것이다. 단순한 발상이나 별명은 시적 상상이기도 하다. 이 시집에서도 별명을 차용한 시들이 여러 편 나온다.

반장 출마로 2표를 얻었다

하나는 내가 찍어준 거고

나머지 하나는 모른다

학급 반장은 떨어졌지만

스스로 찍지는 않았으리라

내가 믿는 반장 재목 심성이다

후보 여섯 명 중 꼴찌이지만

0표 이름보다 두 표 플러스라는

내 위로에 만족한 표정

- 시「내 친구 영표」부분

친구는 또래 집단의 정서를 함께 공유하는 관계다. 사랑보다 우정
이 길게 가는 이유는 경험을 공유한 시기가 어린 시절이었기 때문일
것이다. 세속의 이해관계에 찌들기 이전에 맺은 관계는 손해와 이익
을 따지지 않고, 서로를 챙겨 주는 마음 하나면 족하다. 시인이 다룬
작품들은 친구를 외톨이로 만들거나 가해를 하는 경우는 없다.

모두 심성이 착하고 순박하다. 어릴 때부터 경쟁의 늪으로 몰아넣
는 사회에서 강병철 시인이 보여 주는 청소년 시는 지켜야 할 사람
의 태도를 보여 준다. 그것은 시대가 바뀌어도 변하지 않아야 할 인
간에 대한 예의를 뜻하는 것이기도 하다. 내 친구 청재를 대하는 화
자의 태도는 더불어 함께 살아가는 공동체의 회복을 그린다.

이름이 비슷해서 별명도 천재지만

아직 글씨를 모르는 청재

국어 스승께서 옆에 붙어

닦고 조이고 기름치신다

사과와 책상, 통닭 사진 밑에

사과, 책상, 통닭이라고 쓰셨다

사과를 가리키자 사과라고 읽었고

책상에서 머뭇거렸으나

조금 늦더라도 정답 통과

문제는 통닭에서 아주 자신만만

치킨! 크게 소리쳐서

갑뿐사한 분위기, 휴우

그래도 경운기 시동도 잘 걸고

하굣길 버스도 확실히 탄다

집에까지 한 시간 거리

산동에서 갈아타는 완행버스도 척척

내가 꾼 버스표도 받지 않는

천사표 착한 심장

영원한 등굣길 찐친 확실하다

- 시「내 친구 청재」전문

4.

시의 화자는 백설공주를 뱃살공주로 부르기도 한다. 13층 엘리베이터에서 방귀를 뀌고 1층에 내려 '대한 독립 만세'를 부르고, 언제 올지 부르는 2044년 10월의 긴 연휴를 살핀다. 구제역이 몇 호선이냐고 묻는 진석이, 갈매기살을 갈매기의 살이라고 부르는 기철이, 고양이 하나 낳아 달라는 아이가 등장한다.

유행하는 유머는 아니나, 피식 웃음을 유발시키는 재미가 곳곳에 숨어 있다. 문장은 바른말과 줄인 말이 함께 놓여 있고, 문법을 거스르는 영어식 신조어도 수시로 나온다. 아이들에게 더 가깝게 다가가려는 마음으로 읽힌다. 퇴직 후에도 아이들 글쓰기에 진심인 시인이 간간이 학교를 찾는 것은 분필 가루 흩날리던 기억의 잔상 때문일 것이다. 2025년 어느 봄날, 진도에 있는 작가촌에서 시인이 올린 페이스북 일부이다.

"이팝꽃 만발한 5월은 주말마다 공주행이니 만만찮은 도정이다. 고희를 달리는 쇠한 삭신으로도 풋보리 여고생들을 10주가량 주 3시간씩 만나게 되었으니 감사한 일이다. 그 만남을 위해 남녘 땅 진도에서 백제의 고도 공주까지 치달리니….

소재지 신작로 서점에서 만난 어느 참한 시골 아가씨들을 마주하는 느낌이었다. 그 조신한 세 소녀들의 문장에 메스를 대었으니 조금은 민망한 일이다. 다음 주에는 여덟 명 안팎의 작품을 도마에 올리고 각자의 소회를 들어볼 참이다. 두 번 정도는 도서실 대신 줌 회의로 해후 예정이니, 어쩔 수 없다. 나도 이제 고전식 강단과 2025년 스타일의 합종으로 변신할 수밖에.

작년 겨울, 남고생 몇 명을 7주 동안 만나면서.

'이 럭비공 총각들이 내 인생의 마지막 제자가 되겠구나.'

그렇게 가늠했는데 이번에는 여고생들을 만나게 되었으니 행운이다. 갈수록 건망증이 심해지면서 착실한 훈장이 되기 위해 미리 웅진도서관 모퉁이에 자리를 잡고 준비를 한다.

'정성을 다하는 준비.'

그런 마음도 오래된 이력이다.

42년 전, 그해 이른 봄 소도시 논산 어느 교정에서 질풍노도들을 가르치던 총각 선생의 연장이 되겠다. 그때 소녀들과의 연륜 차이는 9년이었는데 지금은 50년 이상으로 벌어졌다."

이 청소년 시집에는 주로 오래된 시절의 학생들이 등장한다. 짐짓 시대를 거슬러 가는 분위기로 비치기도 한다. 그러나 그것은 퇴보가 아니라 성찰이다. 잃어버린 마음을 찾자는 작은 외침이다. 그는 등굣길에 누구도 주목하지 않는 작은 민들레를 볼 수 있도록 안내한다. 아직도 시인의 마음은 교실에 머물러 있다. 아이들이 맑고 건강하게 자라기를 바라는 마음, 누가 뭐래도 선생님이다.

건강하게 자라기를 바라는 마음, 누가 뭐래도 선생님이다. 마지막으로 그의 여린 심성이 보이는 시를 읽는다.

중학생 칭구들은 초딩 때처럼

졸졸 따라다니며 놀리지 않으므로

등굣길이 힘든 건 아니다

건널목에서 '조심' 하고 당기면

순한 양처럼 얌전해지고

어린 동급생에게 먼저

손 흔드는 안부로 탱큐, 하더니

아스팔트에 쪼그려 앉기에

뭐해, 툭 건드리자

민들레, 하며 벙글댄다

실제로 노란 깃털 물씬물씬 번져서

나까지 자르르 번진 눈시울

오빠가 이름 석 자 처음 쓰던 날이다

- 시「민들레」전문